KB274635

자연을 생각하며

자연을 생각하며

초판 1쇄 2012년 12월 20일
지은이 김년균
펴낸이 김영재
펴낸곳 책만드는집

주소 서울 마포구 합정동 428-49번지 4층 (121-887)
전화 3142-1585·6
팩스 336-8908
전자우편 chaekjip@naver.com
출판등록 1994년 1월 13일 제10-927호

ISBN 978-89-7944-418-6 (04810)
ISBN 978-89-7944-354-7 (세트)

책 만 드 는 집
시인선 030

자연을 생각하며

김년균 시집

책만드는집

| 시인의 말 |

늘 바랐던 대로, 산과 들이 에워싼 시골로 내려와서
자연과 더불어 살고 있다.
사는 게 병이라더니, 그동안 병을 얻어 입원도 하고,
고생 좀 했다. 아직도 병원을 자주 들랑거린다.
자연과 더불어 사는 일—
아침엔 산을 오르고, 낮에는 밭에 나가 곡식을 심고,
저녁엔 밭에서 기른 채소로 식사를 한다.
자연의 소중함과 고마움이 이만큼 절실할 수가 없다.
사람은 태어날 때 이미 떠날 때를 기약한
운명 속에 사는 존재라서인지,
살아 있음이 더욱 소중하게 느껴진다.
시간을 중지시키거나,
짧은 시간을 길게 늘리는 마법은 없을까.
시간의 귀함을 예전엔 몰랐던 게 요즘의 깨달음이다.
이 시집엔 자연에 관련된 시들이 많다.

거의가 시골에 내려와서 쓴 최근작이다.
후회 없는 삶이란 어떤 것인가를 생각해본다.
책을 만든 김영재 시인이 더할 수 없이 고맙다.

—2012년 11월, 서리 내린 날에

김년균

| 차례 |

1부 자연의 인사

2부 자연을 생각하며

3부 양주에 와서

4부 마음의 길

1부
자연의 인사

하늘

안 보인다고 없으리라는 법 없다.
소문이 있으면 귀 기울이고 믿어볼 일이다.
아니 땐 굴뚝에서 연기 나지 않는다.
죽으면 날개 달고 날아가는 곳,
꿈 많은 사람들이 다시 모이는 곳,
그곳에 하나님이 계시다면
얼마나 잘생겼는지 만나보고 싶다.
그곳에 천당과 지옥이 있다면
서로가 얼마나 다른지 구경하고 싶다.
그러나 상 받는 자와 벌 받는 자가
구별되어 있음은 하늘이 내린 계율일 터,
어제 내린 눈과 비가 무슨 뜻이랴.
상 받고 벌 받는 자의 기쁨과 슬픔은 아니랴.
보이지 않으니 장담할 수 없지만
안 보인다고 안 믿을 수도 없다.
하늘은 비밀에 싸인 창고다.
너무도 웅장하여 짐작도 할 수 없는.

* 2012. 10. 20.

땅

처음 만나도 낯설지 않다.
모두가 모여 함께 사는 곳,
씨 뿌리면 어김없이 싹이 돋는 곳,
싹은 자라고 또 자라서
세상을 기르는 양식이 된다.
이만큼 확실한 곳은 없기에
모든 존재는 여기서 나고
머물다 지치면 밖으로 돌아선다.
처음 만나도 낯설지 않지만
오래 살아도 그냥 그대로인 채
오로지 영원한 곳,
세월도 관심 없이 누워 있고
해와 달만이 길 잃은 자를 위해
밤낮으로 길목을 비춰준다.
땅이여!
조상 대대로 뼈를 묻고 살아온
우리들의 대지大地여!

* 2012. 10. 20.

해

너는 우주의 장자다.
네 몸의 열이 육천 도가 넘는다고 한다.
네 몸이 그만큼 뜨거운 것은
네가 그만큼 자신 있기 때문이다.
너는 희망의 날개다.
네가 솟아야 지구도 솟구친다.
너는 오로지 밝고 빛날 뿐
어둠은 근처에도 두지 않는다.
너는 꿈의 과녁이다.
꿈의 중심, 그 중심의 초점이다.
억겁이 가도 시들지 않는 열정으로
오로지 꿈을 위해 자리를 편다.
너는 사랑의 천사다.
네가 있어야 뜰에서 나무도 자라고,
마음에 꽃을 안고 일터로 나간다.
너는 하늘의 눈이다.
네가 눈뜨면 세상도 눈뜨고
두려움도 사라진다. * 2012. 10. 20.

달

얼마나 즐거웠을까.
세월의 등에 앉아 이태백이 놀던 곳,
토끼들이 절구통에 방아 찧던 곳,
온갖 신화와 전설이 넘실대던 곳,
너는 오늘도 이웃을 잊지 않고
밤이면 전등불 들고 찾아와
지구의 구석구석을 보살핀다.

얼마나 궁금했을까.
지구의 사나이 암스트롱이 찾아가자
이태백과 토끼들은 어디론지 숨어버리고,
우주의 별들이 소식 듣고 기웃거리며
이곳에서 펼칠 파티를 준비한다.

오지 마라. 아무도 오지 마라.
누군가 다시 오면 고요한 침묵도 깨어지고
아름답던 전설도, 이태백과 토끼도 사라지고
한 많은 세월만 세세로 넘쳐나리. * 2012. 10. 21.

별

손잡고 사는 게 싫은가 보다.
억겁을 떨어져 살면서도
여지껏 한 치도 다가서지 못한다.
멀리멀리 더 멀리 달아나
항상 가물가물할 뿐,
화성, 수성, 목성, 금성, 토성……
어느 건 이름이라도 있지만,
모습조차 모르는
별,
별,
별,
얼마나 많을 것인가.
무한 광대한 우주에 가득 떠 있는 너희를
이렇게나마 바라볼 수 있다는 것이
꿈만 같다.
나는 지금 꿈꾸고 있다.

* 2012. 10. 22.

바람

천 년을 살아도 청춘이다.
천리만리를 달려도 지치지 않는다.
그의 심장은 어디서 났을까.
하루도 따뜻한 방에 누워본 일이 없지만
그래도 불평 한마디 없이 살아간다.
거침없는 용기로, 용솟음치는 힘으로,
그늘진 길모퉁이나 산모롱이
또는 어둠이 숨은 절벽들을 떠돌며
쓸 만한 것은 일으켜 세우고,
몹쓸 것들은 길 밖에 내버린다.
너는 분명 할 일이 많은 존재다.
얼굴이 없는 생명이다.
네가 있음으로 나는 세상을 믿는다.

* 2012. 10. 22.

구름

하늘 가는 구름은 갈 길이 멀다.
어릴 때 홀로 남은 외톨이처럼
어느 곳에도 머물지 못하고
평생을 허공만 떠돈다.
궂은 날이면 바람 따라 가고,
개인 날이면 개울 따라 가고,
어둔 밤이면 달을 따라 가고,
지치지도 않는지
쉬지도 않고,
그리운 이도 없는지
기웃거리지도 않고,
마음이 얼마나 급한지
늙지도 않고,
하늘 가는 구름은 갈 길이 멀다.

* 2012. 10. 12.

안개

안개는 내 누이다.
사랑에 버림받고 집 떠난 후로
다시는 돌아오지 않는 누이.
세상 어디에 숨어 있는지
짐작도 못 하는 누이.
누이는 오늘도 소식이 없고
안개만 자욱이 피어오른다.
흐린 날이나 마음이 답답한 날이면
더욱 짙게 피어오른다.
남을 사랑한 게 잘못도 아니면서
큰 잘못이라도 저지른 듯이
죽을죄라도 지은 듯이
온갖 슬픔은 다 짊어지고
문밖에 얼굴 한 번 드러내지 못하고
평생을 오로지 숨어서만 산다.
안개는 내 누이의 한숨이다.
안개는 내 누이의 눈물이다.

* 2012. 10. 30.

산

산은 세상의 지붕이 아니냐.
거기서 가장 높은 집이 아니냐.
거기서 가장 넓은 정원이 아니냐.

나무와 풀과 꽃은 친가족이고,
새와 짐승은 외가족이고,
바람과 구름은 이웃사촌이 아니냐.

산은 세상에서 가장 아름다운 곳이 아니냐.
하나님이 아침마다 내려와 운동하는 곳,
하늘이 가장 믿는 곳이 아니냐.

그렇기에 산을 좋아한 이는
산신령이 되리라.
하늘 일도 엿보는 큰 귀신이 되리라.

* 2012. 10. 24.

바다

바다가 우는 걸 보았다.
해변에 물이 빠지고,
밑바닥에 갯벌이 드러나고,
사람들이 우르르 몰려들어
그곳을 짓밟으면,
바다는 그때마다 울기 시작한다.
우우우우 우우우,
우우우우 우우우,
천 년이 지나도 못 푼 한처럼
제 살을 찢으며 우는 소리를
그 피맺힌 소리를
나는 오늘도 듣는다.
그러다 갯벌에 다시 물이 차고
사람들도 육지로 물러서면
바다는 쉴 새 없이 파도를 몰아친다.
다시는 넘보지 말라고
사람들에게 무섭게 경고한다.

* 2012. 10. 23.

물에 관하여

갸륵한 너를 다시 본다.
신기한 너를 다시 본다.

백번 죽어도 물러설 수 없는 네 몸의
무색無色 무미無味 무취無臭의 청결함.
눈만 뜨면 처마 밑에 흘러넘치는
무명無名 무적無籍 무량無量의 당당함.

건방진 세월은 세상길 샅샅이 헤치며
천년을 떠돌아도 얼굴 한 번 내밀지 않고
가는 곳마다 넘어뜨리고 상처를 내지만,

너는 단 하루도 거르지 않고
사람들이 머무는 서툰 자리나
때 묻고 목말라 마음 졸이는 곳에는
어김없이 찾아와 신발 벗고 돕는다.

너는 또 신기하여라.

억만 가지로 몸을 나누어,
땅에서 땅까지 네가 있어야 할 곳이면
어디나 와 있고,
누구에게나 몸 낮추고 허리 굽히며
가슴이 저리도록 시중을 든다.

그러고도 남으면 땅속 깊이 숨었다가
산과 나무를 기르고 풀과 꽃을 가꾸고,
그래도 또 남으면
개울이나 강과 바다에 살며시 모여든다.

그도 모르고, 미련한 자들은 너를 헐뜯고
또는 업신여기며 짓밟아대지만, 아니다.
너는 흔한 것 같지만 흔한 것이 아니고,
너는 낮은 것 같지만 낮은 것이 아니다.
너는 그늘 속에 숨겨둔 보물이다.
신비하고 황홀한 지상의 보물이다.

조심하라, 산 자의 몸은 칠 할이 네 것이라
평생을 너에게 의지할 수밖에 없고,
세상 것은 온통 너의 손안에 있어
네가 곁에 없으면 말라깽이가 되고 마는데,

그래도 모르겠느냐.
미련한 자는 아직도 소란한 거리에서
뒷짐이나 지고서 큰소리친다.
바보처럼 침 뱉고 등 돌린다.

그렇다, 우리는 모두가 바보다.
물이 물인 줄을 모르는 바보다.
물이 물인 줄을 알면서도
자고 나면 잊어버리는 바보다.

그러나 어찌하랴.
세상이 이처럼 어둡고 거칠어졌으니,
너의 꿈이 처연하구나.

강에서

강은 언제나 제 길을 간다.
밤이나 낮이나 쉬지 않고
누군가 돌을 던져도 한눈팔지 않고,
강은 오로지 제 길만 묵묵히 간다.
천리만리를 가도 지치지 않고,
강은 앞서 가는 세월을 뒤따르고
뒤에서 오는 세월을 이끌며 간다.
강은 그냥 가는 게 아니라
남겨진 세상을 위해 일하며 간다.
제 몸에 지닌 양식들을 아낌없이 내주며
논밭에 늘어진 오곡백과를 기르고,
착한 자들이 심은 나무와 꽃을 기르고,
날아다니는 새를 위해 갈대밭을 기른다.
강은 사람들이 걱정 없게 하려고,
꿈도 꾸게 하려고, 희망을 실은 배들이
언제든 드나들 수 있도록
새벽부터 저녁까지 길을 내준다.
강은 생명의 비를 실어 나르는 하늘의 집사.

강은 세월과 바람과도 내통하며
거리에 널려 있는 고통과 슬픔을 쓸어내
세상 밖으로 흘려보낸다.
강이여! 장하도다!
네가 있으니 세상도 염려 없다!

* 2012. 6. 8.

들에서

사람 사는 곳엔 언제나 들이 있다.
그곳은 먹거리를 기르는 작물원이다.
산 자의 목숨을 보호하는 모범 경작지다.
오늘도 삽과 괭이를 들고 들로 나간다.
거친 곳은 짐승이 놀게 버려두고,
순한 곳은 땅을 파고, 씨앗을 뿌린다.
며칠만 지나면 어김없이 싹이 돋는다.
하늘은 날마다 햇볕 주고 바람 주고
가끔씩 비도 내려 새싹의 건강을 돕는다.
새벽부터 집을 나선 사람들은
허리가 휘어도 피곤치 않고
즐겁게 풀을 뽑고, 비료를 준다.
세월이 금세 흘러 거둘 때가 되면
들은 오곡이 풍성한 자리가 된다.
들은 사람들의 꿈이요 이상이다.
들이 있으니 마을이 있다.

* 2012. 10. 24.

눈雪

눈은 외롭고 추운 날에 내린다.
눈은 어둡고 슬픈 날에 내린다.
착한 사람만 모여라!
악한 사람은 물러서라!
눈은 아픈 세상을 고치기 위해 내린다.
눈은 궂은 마음을 씻기 위해 내린다.
아이들만 만져라!
어른들은 보지도 마라!
눈은 아이들을 칭찬하기 위해 내린다.
눈은 어른들을 꾸짖기 위해 내린다.
착한 자에겐 달콤한 설탕이 되고
악한 자에겐 짜디짠 소금이 되는
눈!
눈은 어둠을 덮는 이불이다.
눈은 슬픔을 덮는 사랑이다.

* 2012. 10. 23.

비는 내 친구

때가 되면 어김없이 내리는 비,
내 친구는 의로운 비다.

내 친구는 봄비다.
어둔 땅에서 싹이 돋는 봄이 오면
어린아이와 손잡고 걷듯이
조심조심 이슬비로 내린다.

내 친구는 여름비다.
뙤약볕이 작열하는 여름이 오면
무더위를 쫓아내듯이 주룩주룩
소낙비로 거침없이 쏟아진다.
때로는 사나운 폭우가 되어
뒷골목의 쓰레기까지 휩쓸어 간다.

내 친구는 가을비다.
가을걷이로 풍성한 가을이 오면
떠나는 자를 위해 축제를 연다.

고단한 몸을 풀고 편히 갈 수 있도록
바람이 오는 길목을 막고 서서
저만의 외로움에 눈물을 훔친다.

내 친구는 겨울비다.
천지가 꽁꽁 어는 겨울이 오면
제가 나설 길이 아님을 깨닫고
허약한 자기를 스스로 탓하며
하얀 눈송이 속에 숨어버린다.

내 친구는 요즘 소식이 없다.
날도 가무는데 어디에 있을까.
세월이 가도 세상은 바뀌지 않아
돌아올 마음이 없는 것일까.

* 2012. 7. 5.

자연의 인사

눈만 뜨면 눈앞에 몰려든다.
온갖 것들이 몰려든다.
봄에서 겨울까지 아침에서 저녁까지,
하늘에서 땅에서,
산에서 들에서 바다에서 강에서,
혹은 알지 못한 어느 곳에서,
온갖 것들이 몰려든다.
혹은 기어서 혹은 서서, 혹은 날아서
내 앞에 기어이 다가선다.
얼굴이 각기 다르고,
성품이 다르고,
색깔이 다르고,
향기도 다른 것들이,
어느 건 여지껏 보지도 못한 것들이,
내 앞에 다가와 알은체하며
공손히 인사한다.
더 늙기 전에
눈 한번 맞추고 가려는 듯이

인사하고 돌아선다.
다시 만날 약속도 없이.

* 2012. 10. 7.

자연을 사랑하라

루소처럼 "자연으로 돌아가라!"고 외칠 수는
없어도 자연을 사랑할 줄은 알아야 한다.
썩을 대로 썩은 욕심을 문밖에 내던지고
티 없이 맑은 자연의 속심으로 돌아가는 것이야
천만번 옳은 일이지만,
그럴 수가 없다면 마음으로라도
자연의 고마움을 잊지 말아야 한다.
자연은 그만큼 소중한 존재인 까닭이다.
자연은 고맙게도 세상에 널려 있다.
보이는 것에서 보이지 않는 것까지
살아 있는 것에서 살아 있지 않은 것까지
모두가 자연이다.
자연은 모든 존재의 시작이요 끝이다.
그가 없이는 잠시도 살아갈 수 없다.
그런데도 사람들은 자연을 외면하고
함부로 짓밟고 넘어뜨린다.
어리석은 자는 어리석음을 모른다.
그러나 이제는 깨우칠 일이다.

늦기 전에, 세상이 뒤집히기 전에
자연에 엎드려 절하고 뒤따를 일이다.
"자연을 사랑하라!"
문밖에 뛰쳐나가 외치는 친구는 없을까.
그를 따라 나도 외치고 싶다.
"자연을 사랑하라!"

* 2012. 6. 28.

2부

자연을 생각하며

자연 예찬

신비하구나. 신비하구나.
태초부터 지금까지 의연히 살아왔구나.
앞으로도 영원히 변하지 않겠구나.
너는 착한 자에게 기쁨을 주는 명시名詩,
너는 약한 자에게 용기를 주는 명화名畵,
너는 무릇 없는 게 없는 만물 백화점,
충만하구나. 충만하구나.
큰 것으로부터 작은 것까지, 심지어는
보이는 것에서 보이지 않는 것까지
다 갖고 있구나. 거리에 넘쳐나는구나.
세상의 모든 것을 가진 네가 어찌
내 곁에 머물게 되었는지,
내 친구로 남게 되었는지,
황홀하구나. 황홀하구나.

* 2012. 6. 14.

강의 말

강에 갔다가 말을 듣는다.
천년도 멀지 않게 쉬엄쉬엄 걷는
장부의 장엄한 발길이
함부로 날아드는 무례한 바람이나
물새들의 거친 날갯짓, 또는
구경꾼들의 비뚤어진 행실이 역겨워
때로는 쏴아 쏴아, 물결치며
투정도 부리지만,
속심은 그게 아니다.
어제의 때 묻은 마음을 씻고
고요한 강 속에 귀를 내밀면
강물이 소곤대는 은밀한 말씀,
은빛처럼 고아한 은유의 말씀,
가슴에 절절히 젖어든다.
그 뜻이 하도 깊고 두려워서
남에게 차마 전하지 못한다.

* 2012. 6. 12.

바다에서

바다는 육지를 위해 살아간다.
바다엔 육지에 없는 보물들이 첩첩이 쌓여 있다.
고래, 상어, 홍어, 삼치, 연어, 광어, 고등어, 갈치,
지체 높은 것에서 지체 낮은 것까지
수만 종류의 고기들이 서로 손잡고 몸 비비며
육지로 돌아갈 시간을 기다린다.
스스로 육지의 양식임을 알기 때문이다.
몸 바쳐 육지를 지키려는 갸륵한 소망!
육지의 슬픔을 위로하고,
육지를 아름답고 풍요롭게 기르기 위해
바다는 오늘도 꿈을 놓지 않는다.
바다여! 의로운 바다여!
네게 축복이 넘치어라!

* 2012. 6. 8.

산길

산길에 오르니 시원하다.
바람이 나무를 흔드니 시원하다.
물이 골짜기에 흐르니 시원하다.
새들이 노래 부르니 시원하다.
다람쥐가 나무를 타고 곡예를 하니 시원하다.
주인 없는 꽃들이 어디서든 제멋대로 피우고,
임자 없는 열매가 주렁주렁 열리니 시원하다.

산길에 오르니 시원하다.
봄가을은 하늘이 맑아 햇볕도 바람도 순해지고
맘 놓고 사는 법을 가르쳐주어 시원하다.
여름 겨울은 햇볕도 바람도 거세어 견디기 힘들지만
올곧게 사는 법과 용기를 북돋아 주어 시원하다.
낮은 산은 숨 고르기가 쉬워서 시원하고,
높은 산은 몸속의 노폐물을 씻어주어 시원하다.

산길에 오르면 시원하다.
산에 오르는 사람은 산의 마음을 닮아서인지

가슴에 욕심이 없고 사랑만 가득하니 시원하다.
산에서 내려오면 세상의 먼지가 따라올 테지만
내일 또다시 산에 오르려 하니 걱정 없다.

* 2012. 6. 25.

산의 열매

산에서 열매를 딴다.
눈에는 보이지 않지만 가슴에는 보이는
신비한 열매를 딴다.
아침마다 찾아오는 해님의 뒤를 따라
산에 오르노라면, 그곳에 몸을 내리고
산동무인 나무들의 숨결을 마시노라면,
하늘에서 날아온 바람이나 구름이 알려주지
않아도 그 열매가 있는 곳을 안다.
늦가을, 찬 바람 불고 낙엽 지는 날
뒷동산에 올라야 겨우 볼 수 있는 열매!
그러나 가을이 오지 않아도 그 열매들이
가슴에서 넘쳐난다.

그 열매를 맺는 비밀을 안다.
몸에 닥지닥지 나붙은 더러운 때를 씻고
썩은 창자조차 도려내 버리고,
남은 것 하나 없이 빈 몸을 산에 맡기면
산은 그 몸에 가득 나무를 심는다.

그 나무가 세월을 앞서 가며 급히 자라면
보이지 않아도 만질 수 있고, 만지지 않아도
먹을 수 있는 산의 신비한 열매들이
온몸에 주렁주렁 열린다.
그 열매의 맛을 세상에선 짐작조차 못 한다.
친구여, 얼마나 좋으냐!
그 열매가 그립거든 산으로 오라!

* 2012. 6. 21.

산에 오르니

아침 일찍 산에 오르니, 콧등이 시리다.
어젯밤 잠 못 들고 산기슭을 헤매던
바람의 차가운 손길 때문인가. 아니면
소나무 잣나무 밤나무 느티나무 버드나무,
우뚝우뚝 솟아난 나무들이 거침없이 내뿜는
산뜻하고 신선한 입김 때문인가.
나무는 사람에게 해로운 탄산가스를 들이마시고
나무는 사람에게 이로운 산소를 내뿜는다는데,
그 산소가 나무의 고마운 뜻을 받들어
상처 난 내 몸의 허파에 들어왔기 때문인가.
마음이 벌써 상쾌해진다.
그런데 짐승들은 다 어디로 갔나.
언제 만나도 짓궂은 멧돼지, 들개, 노루, 여우,
사람이 보기 싫어서 깊은 곳에 숨었나.
피를 보려는 모기들만이 겁 없이 덤벼들어
사는 일이 순탄치 않음을 예고한다.
늦잠에 빠졌던 새들은 해가 중천에 뜬 뒤에야
급히 날아와 가지 끝에 앉아 갈 길을 궁리한다.

뒤따라온 다람쥐가 맛 좋은 도토리를 찾으려고
주둥이를 쫑긋거리며 나뭇가지에 기어오른다.
흔하던 구름들도 살며시 하늘가에 몰려들어
무슨 일을 벌이려는지 산 너머로 달려간다.
산에 오르니, 나만이 홀로 남는다.
저들은 모두 갈 곳이 있고, 할 일이 넘치는데,
허망한 꿈이나 붙들고 있는 나는
오늘도 산 구경이나 하고 돌아선다.

* 2012. 6. 7.

산과 사람

산은 계절에 따라 모습이 변하기도 하지만
사람의 마음에 따라 달라지기도 한다.
오늘 아침 창가에서 내다본 도봉산은
산이 아니라 거대한 그림이다.
산수화가가 그린 신비한 그림이다.
어느 곳을 보아도 금강산 못지않다.
때마침 눈이 덮여서 산봉우리도 능선도
나무도 바위도 온통 하얗게 색칠이 되어
지구 밖의 풍경을 보는 것 같다.
이 산이 이렇게 아름다운 줄 몰랐던 것은
등잔 밑이 어둡다는 속담 때문이다.
산 아래 그늘에서 살기 때문이다.

산은 계절에 따라 모습을 달리하고
사람은 순간에 따라 마음을 바꾼다.
산은 계절마다 옷을 갈아입어 더욱 예뻐지지만
사람은 순간마다 마음이 변해 더욱 간악해진다.
산과 사람은 시간이 갈수록 차이가 난다.

산은 천년 가도 한 발도 물러서지 않고
제 마음을 꼿꼿이 다스리지만,
사람은 하루도 못 가서 마음이 돌아선다.
어제는 순하던 마음이 오늘은 사나워지고
오늘은 파랗던 마음이 내일은 빨갛게 변한다.
그러니 믿을 수 없는 건 사람이고,
믿을 수 있는 건 산이다.

* 2011. 12. 24.

산에서

산에 오르는 사람은 마음이 곱다.
산에 오르는 사람은 예의가 바르다.

"안녕하십니까?"
"좋은 하루 되십시오!"

산에 오르는 사람은 서로가 누군지 몰라도
항상 따뜻한 인사를 나눈다.

산이 그렇게 하라고 가르쳐준다.
싱싱한 산소를 내뿜으며 마음을 닦아준다.

산은 언제나 평화롭다.
산은 언제나 정의롭다.

산을 아는 자가 죽으면 산이 된다.
산을 기르는 나무가 된다.

* 2012. 6. 13.

완벽한 자연

문밖에 나서면 너를 만난다.
세상 어디나 가득한 자연!

너무 흔하여 천해 보여도
하늘 아랜 오직 너밖에 없어
너무도 귀중한 자연!

모자랄 것 같아도 모자라지 않고
넘어질 것 같아도 넘어지지 않는
완벽한 자연!

눈 뜨면 눈에만 보이지만
눈 감으면 마음에도 보여
황홀한 자연!

누가 만들었을까?

* 2012. 6. 15.

비와 사람

어젯밤엔 비가 억세게 내렸지.
천둥 치고 번개 치며 하늘이 요란했지.
백 년이 넘는 가뭄이라고, 먹을 물도 없다고,
하늘에 손 비비며 눈물짓게 하던 비.
논밭에 목숨 건 농부들은 시렁에 목을 매고
죽음으로 하소연하던 비.
오가는 길마다 먼지가 풀풀 날리고,
호수나 웅덩이마저 바닥을 드러내고,
알몸이 되어 혓바닥만 날름거렸지.
잠들면 물 없는 참사가 꿈에도 나타났지.
그런데 신기해라, 하룻밤 사이에 달라졌지.
비는 밤새도록 사정없이 쏟아지고,
더 이상 안 내려도 걱정 없게 되었지.
더 이상 내리면 물난리가 날지도 몰라
마음이 되려 조마조마해졌지.
실제로 물난리가 난 곳도 나타나기 시작했지.
비가 안 내린다고 걱정하던 일이 무색해지고,
비가 많아서 걱정인 사람들이 줄을 섰지.

세상이 얼마나 바르지 못하고
사람들은 얼마나 어리석고 무능한지를
하룻밤 사이에 당장 확인했지.
한 치 앞도 모르면서 열 치 앞을 내다보려는
건방지고 교만한 사람들,
알 수 없는 눈과 귀와 입과 머리와 손발과
믿을 수 없는 가슴과 꿈을 가진 사람들,
금방 알아볼 수 있었지.
비는 그들을 보며 무슨 생각을 할까.
이제는 얼마큼 깨우쳤으리라 믿을까.
아니면, 또다시 백 년이 넘게 가물다가
비는 억세게 쏟아질까.

* 2012. 7. 6.

자연을 생각하며

자연을 생각한다.
해와 달, 수많은 별과 우주를 생각한다.
하늘과 땅, 산과 바다, 지구를 생각한다.
지구 안에 가득한 온갖 것들,
바람과 구름, 눈과 비, 나무와 꽃, 새를 생각한다.
집 없이 서러운 짐승과 힘없이 굴러다니는 돌멩이와
땅속에 숨어 사는 두더지와 지렁이를 생각한다.
그와 더불어 눈만 뜨면 길 떠난 사람을 생각한다.
모두가 꿈 많은 자연이다.

끝없는 세월의 울타리에 꼼짝없이 갇혀서
허튼 길만 거침없이 떠돌다가
어느덧 해가 지고 어둠이 밀려오면
혹은 대지의 거름이 되고
혹은 허망한 꿈을 안고 어디론지 사라져버리는
지상의 외로운 별들.
모두가 빛나는 자연이다.

자연은 언제나 한량없지만,

자연은 무엇이든 천한 게 없다.

* 2012. 10. 11.

해를 보는 나무

산에 가면 나무들이 해를 보려고 법석을 떤다.
어떤 나무는 제 몸의 가지조차 버려둔 채
해가 떠 있는 곳을 향해 머리를 솟구친다.

들판에 가면 꽃과 풀들이 해만을 따라다닌다.
해를 못 보면 목숨이 위태롭다고 믿기 때문이다.
해가 없는 곳은 장례식장으로나 알기 때문이다.

세상 거리에 나서면, 해를 못 본 사람들이
일찍부터 거리에 나와 비틀거린다.
미련한 자는 아직도 해를 모른다.

한 친구가 죽었다. 해를 놓친 까닭이다.
후미진 길목에는 질경이풀이 무성하다.
생김새는 못났지만 해를 만난 까닭이다.

해야, 해야, 비쳐라!
어디든지 비쳐라! * 2012. 6. 29.

산 아래 돌멩이

산에서 내려왔기에,
산에서 부서져 나왔기에
편하게 산다.

어둡고 거친 세월이
아무리 등 떠밀어도
아랑곳없이, 둥글둥글,
산자락 어디에나 몸 던져놓고
걱정 없이 산다.

누군들 너를 모를 리 없기에
아무도 간섭하지 않는다.
새도 짐승도 너를 보면
슬며시 비껴간다.

산에서 내려왔기에,
예전엔 산과도 같은 몸이었기에
아직도 편하게 산다. * 2012. 6. 12.

바람에게

보이지 않아도 너와 만난다.
손이 없어도 너와 악수한다.
나뭇잎이 흔들리면 네가 왔음을 안다.
나뭇잎이 자꾸 흔들리면 세상이 즐거워서
네가 신 나게 놀고 있음을 안다.

너는 세상이 소란할 때 찾아온다.
너는 세상이 어두울 때 찾아온다.
너는 세상이 병들었을 때 찾아온다.
소란한 세상을 조용히 잠재우고,
어두운 세상을 환하게 비춰주고,
병든 세상을 위로하고 치료해준다.

너는 거대한 힘을 가졌기에 못 할 일이 없다.
네가 잠자코 누워 있으면 길목이 잔잔하고,
네가 일어나 걸으면 하늘의 구름이 따라 흐른다.
네가 화가 나서 한숨을 몰아쉴 땐
성난 태풍이 몰아쳐서 대지가 뒤집히고 만다.

너의 옷자락 하나에도 하늘과 땅이 기웃거린다.

네가 바다에 가면 바닷바람이 되고,
네가 산에 오르면 산바람이 되고,
네가 강에 가면 강바람이 된다.
네가 들에 머물면 산들바람이 된다.

그러나 너는 사람이 있을 때 필요하다.
사람이 없으면 억년을 불어도 소용없다.
바람아, 바람아, 조심조심 불어라.
허약한 사람들이 넘어지지 않도록.
사람 사는 마을이 무너지지 않도록.

* 2012. 7. 7.

나무의 지혜

나무는 살아가는 법을 안다.
나무는 제 몸을 자랑하고 싶을 땐
따뜻하고 온화한 날을 받아
잎 피우고 가지 친다.
나무는 제 마음이 즐거울 땐
울긋불긋 꽃을 피워
사람들이 덩달아 춤추게 한다.
나무는 누군가 그리울 땐
제 몸의 향기를 멀리멀리 내뿜으며
벌 나비가 찾아들게 하고,
나무는 제 몸에 힘이 돋을 땐
주렁주렁 열매를 맺어
보기만 해도 배부른 세상을 만든다.
나무는 마음조차 어질고 슬기로워
제 밑에 자손을 두고 싶을 땐
오랜 친구인 다람쥐나 청설모를 부른다.
다람쥐나 청설모는 나무가 시킨 대로
나무가 가져다준 열매를 실컷 먹고

남은 것은 땅에다 묻어둔다.
겨울이 가고 봄이 와서
거리마다 따스한 햇볕 들면
나무의 자손들이 일제히 눈을 뜨고
세상 밖으로 파릇파릇 얼굴을 내민다.
나무의 지혜가 산을 기른다.

* 2012. 6. 24.

가을 억새풀

찬 서리 내린 늦가을,
풀숲이 지쳐 늘어진 들길을 걷다가
억새풀, 너를 만난다.
남보다 잘돼보려고 억세게도 발버둥 치던
억새풀, 욕심이 과하면 화를 입는데
아직도 너만은 꼿꼿이 서서
지나가는 이에게 잘 봐달라고 인사한다.
요정집 시녀처럼 시도 때도 없이
모가지를 굽히며 절하는 게 싫어서
그냥 지나치려다가
무심코 눈에 스친 모습이 예사롭지 않아
걸음을 멈춘다.
평소엔 칼날같이 시퍼렇던 잎사귀가
황금빛으로 변해 있어
칼이 아니라 꽃을 들고 있는 것 같다.
이제 보니, 아무에게나 절하며 아부하는 게 아니라
제가 아는 사람만 찾아 공손히 인사한다.
이렇게 달라질 수 있을까.

오늘 밤, 집에 데리고 가서 사연을 물으려 한다.
늦기 전에 떠나야 하니
억새풀, 너는 마지막으로 할 말이 있을 게다.

* 2012. 10. 24.

자연을 훼손하다

미련한 자들은 제 생각밖에 모른다.
길을 가다가 한가롭게 노는 돌멩이를 보면
심술이 나서 길 밖으로 걷어차 버린다.
길을 가다가 바람과 함께 노는 나무를 보면
실없이 시샘하며 나뭇가지를 흔든다.
길을 가다가 귀엽고 향기로운 꽃을 보면
줄기까지 꺾어서 손아귀에 넣고 만다.
산이나 들마다 이 나무 저 나무에서
주렁주렁 열린 열매를 보면
주인에게 묻지도 않고 제 물건을 만든다.
연약한 풀을 보면 사정없이 짓밟아버리고
구경 온 새를 보면 멀리멀리 내쫓아 버린다.
그래도 저들은 화가 안 풀리는지
얼굴도 없는 허공에다 욕설을 퍼붓는다.

미련한 자들은 제 잘못을 모른다.
귀한 생명을 함부로 살상한다.
아름다운 자연을 무참히 훼손한다.

눈에는 오직 헛것만 보이는지,
잡히지 않는 허영만 붙들고 발버둥 치며
새벽부터 밖에 나와 거리를 활개 친다.
저들은 벌써 길을 잃었다.
저들은 벌써 꿈을 잃었다.

* 2012. 7. 11.

세월과 바람

저들은 얼마나 몸집이 클까.
나는 한 번도 저들을 보지 못한다.
그림자처럼 항상 곁에 와 있고
가는 곳마다 소문이 무성한데도
나는 왠지 저들의 얼굴은 보지 못한다.
다른 짐승들은 다 저들이 보이는데
왜 나의 눈에만 보이지 않는 것일까.
저들 곁에서 잠시도 떨어지지 않고
오로지 저들 손발만 붙잡고 살면서도
고마움은커녕 헐뜯고 조롱하는
나의 심보가 골백번 괘씸하여
그림자조차 내주지 않는 것일까.
나이 먹고 철들면 알 것은 알고
볼 것은 다 보이는 법인데,
땅바닥밖에 모르는 개미나 지렁이들도
모두 쳐다보는데, 나만은 볼 수 없으니,
나는 아직도 철들지 못했나 보다.

* 2012. 7. 22.

3부

양주에 와서

언제나 자연

언제나 하늘은 있고, 해와 달과 별은 뜬다.
언제나 산은 있고, 새는 숲에서 날은다.
언제나 강과 바다는 있고, 물은 넘쳐흐른다.
언제나 들은 있고, 오곡은 풍성히 익어간다.
언제나 길은 있고, 사람은 꿈을 꾼다.
언제나 만날 수 있고,
누구나 가질 수 있는 자연!
머리에서 발끝까지,
하나도 버릴 게 없는 자연!
그러나 사람들은 고마움을 모른다.
그에게 고개 한 번 숙이지 않는다.
그래도 자연은 돌아서지 않고
사람을 극진히 보살핀다.
주인을 섬기는 종처럼 끝까지 심부름한다.
사람들아! 사람들아!
너는 누구를 위해 살려느냐!

* 2012. 8. 15.

양주楊州에 와서

시골에 왔다.
바람과 새들도 숨죽이는 고요한 마을,
양주골 백석으로 삶의 둥지를 옮겼다.
따지면 지척인데 길을 너무 헤맸다.

빗물과 먼지에 찌든 빛바랜 옷을 벗고,
가슴에 첩첩한 욕심도 시원히 풀어놓고,
산과 들, 숲이 늘어진 자연 속으로
돌아왔다. 기어이, 장수처럼 용기를 냈다.

얼마나 다행한 일이랴.
집만 나서면 파랗게 열린 창공을 따라
따스한 햇살, 해맑은 공기, 억수로 쏟아지니
이보다 즐거운 일이 또 있으랴.

시도 때도 없이 시꺼먼 연기만 내뿜으며
성한 사람들의 심장을 뚫고 지나던
총칼처럼 두렵던 차들은 종적을 감추고,

하릴없이 떠도는 바람난 사람들도
여기에선 왠지 만날 수 없다.

산자락 휘두른 오롯한 들녘에서 논밭을 가는
농부들과 풀을 뜯는 염소들의 순한 모습이
밀레의 그림처럼 가없이 평화롭다.
이 정겹고 신기한 정경을 내다보며
지치고 멍든 마음을 치유한다.

왜 그리도 미련했던가.
왜 그리도 허황했던가.
아까운 세월을 무던히도 헛되게 보내며
서툴게만 살아온 일들이 후회로 굽이친다.
무엇이 옳고 그른지 이제야 분별한다.

이만큼 고단한 길을 걸어왔으니,
어릴 적 세 살 난 철부지로 되돌아가
외롭더라도, 밤이면 홀로 하늘가에 눕더라도

자연과 더불어 사는 법을 배워야겠다.
다시는 후회하지 않도록.

* 2012. 2. 28.

거대한 태풍

-볼라벤을 보며

네 몸에 숨겨진 손톱 발톱이 얼마나 큰지,
숨이 차도록 겁을 먹는다.
머리에 꾀를 싣고 출세해보려던 자들의
꿈이 단숨에 날아가 버린다.
권력 있고 돈 많은 자의 등에 붙고
힘없는 자의 무릎에 앉아보려던 자의
야심이 천 리 밖으로 사라진다.
문밖에선 무소불위의 매몰찬 바람이
미치광이가 되어 세상 구석구석을 누비며
물어뜯고 넘어뜨리고 쳐부수며 발광을 하고,
방 안에선 아무 잘못도 없는 사람들이
문을 걸어 잠근 채 숨죽이며 벌벌 떤다.
티브이에선 진종일 너의 행적을 쫓아다니고,
비치는 화면마다 너의 몸이 펄펄 휘날린다.
자연은 왜 이리 곧세고 당당한가.
사람은 왜 이리 여리고 허약한가.
아무리 궁리해도 답을 찾지 못한다.

* 2012. 8. 29.

세월의 길

그 길은 오직 하나일 뿐,
길이 그뿐인데
다른 길을 어찌 찾으랴.
없는 길을 어찌 만들랴.

그 길은 너무 멀다.
종점이 어딘지 짐작조차 못 한다.
가도 가도 끝이 없고,
가다가 지쳐서 길목에 누우면
지나던 바람이 쓸어다 버린다.

그래도 모두 그 길을 간다.
너도 가고 나도 가고,
그 길은 누구도 피할 수 없고
돌아설 수 없다.
길이 멀다고 아무리 한탄해도
아무리 슬퍼해도 소용이 없다.

그 길을 오늘도 간다.
앞서 간 사람이 멀리 떨어져 있어도
뒤따라오는 사람이 가까이 다가서도
상관없이 간다.
너는 너대로 나는 나대로
제 길만 걷는다.

그 길은 보이지 않아도
바로 곁에 서 있다.
만지지 않아도 손잡고 있다.
천년을 가도 보이지 않고
만년을 가도 다다를 수 없는
영원한 길.
세월의 길.

* 2011. 4. 25.

꽃과 인연

―장미에게

아름다운 친구여,
이제는 너를 사랑하고 싶다.
네가 간혹 실수를 하더라도
눈감아 주고 싶다.

몸에 가시를 품고 있어도
화려한 꽃잎만 바라보고 싶다.
겉으로 내뿜는 향기만 맡고 싶다.

내가 조금만 참고,
네가 조금만 양보하면 되는 것을
미처 몰랐구나.

서로가 욕심을 내려놓고
마음속을 들여다보지 않으면,
너는 항상 예쁜 꽃으로 남고
나는 좋은 친구로 남을 것인데,
그걸 생각지 못했구나.

친구여, 이제는 너를 사랑하고 싶다.
너를 아름답게 보고 싶다.
너로 하여 즐거워지고 싶다.

* 2012. 9. 19.

사랑꽃

우리 집 베란다에 놓인 화분엔
사랑꽃이 만발했다.

사랑꽃이란 이름은 들었지만
바로 그 꽃인 줄은 몰랐는데,
이웃집 아주머니가 알려준다.

언뜻 보면 클로버 같기도 하고
영락없는 자운영 같기도 한 그 꽃.
가냘픈 잎과 줄기가 한없이 무성하고
손톱만큼 작은 연분홍 꽃망울이
줄기마다 줄줄이 붙어 있다.

얼마나 사랑이 그리웠기에
꽃들이 저리도 아우성일까.

바람이 불지도 않는데 꽃잎들이
문밖을 기웃거리며 소란을 피운다.

전쟁 때 부모 잃고 떠돌던 고아들의
가엾은 모습이 눈 속에 밀려든다.

저승 간 어머니는 지금도 내가 그리워서
이 세상을 기웃거리고 계실까.
불현듯 그 생각에 가슴이 갈가리 찢어진다.

사랑꽃은 사랑의 힘이 얼마나 큰 것인지를
내게 거듭 일깨워 준다.

* 2012. 8. 27.

옹이

산길을 가다가 늙은 소나무를 만난다.
기나긴 세월에 얼마나 부대꼈던지
몸뚱이에 겹겹이 각질을 입고 있다.
그 각질 사이로 듬성듬성 박힌 옹이엔
눈물인지 핏물인지 흥건히 젖어 있다.

한평생 죽을 고생만 하다 하늘에 가신
내 어머니는 가슴에 옹이가 박혀 있다.
그래도 어머니는 고생을 탓하지 않으셨다.
애야! 고생이 많아야 잘살 수 있단다!
고생을 많이 해야 하늘도 돌보아 주지!

전쟁 때 자식 잃은 뒷집 할머니의 가슴에도
옹이가 박혀 있다. 살아서 돌아오면 얼마나
좋으련만, 그러지 못할 줄 뻔히 알면서도
혼백이라도 찾아오라고 그러셨는가,
할머니는 평생을 문을 잠그지 않고 사셨다.

한번 박힌 옹이는 사라지지 않는다.
아픔이 많으면 옹이도 더욱 많아지고
세월이 깊으면 옹이도 더욱 깊어진다.
옹이는 마침내 몸을 사르는 관솔이 된다.

산길을 가다가 소나무 그늘에 선다.
늙어도 마음은 꼿꼿하여 늘 푸른 소나무,
그 나무의 몸뚱이에 훈장처럼 박힌 옹이는
내게도 깊은 깨달음을 주고 있다.

* 2012. 6. 23.

돌탑

산에 오르자면 종종 돌탑을 만난다.
산길의 초입이나 중턱의 어디쯤엔 돌탑이
삿갓이나 무덤처럼 봉긋하게 솟아 있다.
누가 먼저 시작했는지 알 수 없지만,
돌탑의 덩치로 보나 모아진 돌멩이로 보아
적지 않은 세월이 흘렀음을 알 수 있다.

산에 오르는 사람들은 그곳을 보면
그냥 지나치지 못한다.
주위에서 하릴없이 굴러다니는 돌멩이나
발이 채이기 쉽도록 땅에 박힌 돌멩이는
줍거나 캐어서, 돌탑에 살며시 던져준다.
돌탑이 보이지 않게 차츰 배불러 간다.
한두 달 가지곤 금방 느낄 수 없지만
한두 해가 지나면 몸집이 바위처럼 커져서
지나는 이들을 깜짝 놀라게 한다.

그곳에 돌멩이를 던지는 사람들은 남다르다.

시골에서 고생하는 부모님의 건강을 빌거나
군대 간 아들의 무사를 빌거나, 젊은 총각은
그리운 연인과의 사랑을 맹세하기도 한다.
돌탑은 이제 돌만이 모인 곳이 아니라
산에 오르는 사람들이 의지하는 신앙이 된다.
그들을 지켜주는 귀신이 된다.

* 2012. 6. 27.

철쭉꽃

철쭉꽃이 산에 불을 지른다.
새벽부터 자꾸자꾸 불을 지른다.
불은 솔솔 부는 바람을 타고
동으로 서로, 남으로 북으로
산지사방을 휩쓸다가
능선을 넘어 하늘에 뻗친다.

해가 져도 바람이 멈춰도
불은 꺼질 생각을 않고,
깊은 산을 태우고
키 큰 나무와 어린 숲과
단단한 바위를 태우고
세상의 마음까지 태워버린다.

그런 사람이 항상 그립다.
때 묻은 옷과 첩첩한 허영을 벗고,
더욱 깨끗해지려고
성한 몸뚱이까지 태우는 사람.

그런 사람을 만나고 싶어
오늘도 나는 거리를 서성인다.

* 2012. 3. 21.

고추

우리에게 너만큼 귀한 식품은 없을 테다.
약방의 감초처럼 어느 음식에나 들어가서
맛을 내고 입맛을 돋우어주는 고추,
몸에 좋은 비타민 A · C · E가 듬뿍 들어 있어
엔도르핀이 퐁퐁 솟는다고 소문이 자자한 고추,
게다가 매운맛을 내는 캡사이신이란 성분은
당뇨와 암 예방에도 좋다고 하니
고추야말로 최고의 식품임에 틀림없다.
그러나 너를 기르기란 얼마나 힘든 일인지 모른다.
해가 구름에 가려 날씨가 흐려지면 마음이 적도까지
날아가서 불같은 땡볕을 끌어다가 뿌려주어야 하고,
가지까지 말라 죽는 탄저병이 올해도 도질까 봐
살충제를 들고 밤낮없이 네 곁을 지켜야 하고,
비가 며칠만 안 오면 물을 퍼다 먹여야 한다.
씨를 뿌려서 거둘 때까지 너를 기르는 주인의
정성은 이루 말할 수 없다. 다행히 잘 자란
너를 거둔다 해도 일은 아직 끝나지 않는다.
삼십 도가 넘는 땡볕에 열흘은 말려야 한다.

방앗간에서 네 몸을 기어이 가루로 만들고 나서야
주인은 겨우 마음 놓고 손 씻는다.
이때부터 너는 귀중품으로 변신한다.
부서진 몸뚱이는 시장에서도 비싼 물건이 된다.
너를 사다가 혹은 고추장을 만들고,
혹은 김장을 담그고, 혹은 찌개를 끓이고,
일 년 내내 냉동실에 감춰두고
먹을 만한 음식 속엔 어김없이 너를 넣는다.
그래야 입맛이 돋고 살맛도 생긴다.
귀한 것은 언제나 쓸모가 많은 법이다.
쓸모가 많은 것은 거두기도 힘든 것이다.
세상의 이치가 그러함을 너는 분명히 알려준다.

* 2012. 8. 12.

연꽃

늪에서 꽃이 피었다.
개천에서 용 났나!
어둠에 갇힌 벽을 뚫고
승리의 깃발이 솟았다.

행여 비 올까, 초록빛 우산을 쓰고
꽃봉오리를 겹겹이 둘러싼 잎과 줄기가
로마의 병정처럼 용맹스럽다.
더러는 빨갛고 더러는 하얀 꽃들이
사돈댁 마님처럼 고웁고 단아하다.

먼 산에서 무슨 소식을 들었는지
새들이 새벽부터 날아와
온종일 돌아갈 생각도 않고,
꽃잎에 앉아서 노래 부른다.
날개를 퍼덕이며 춤도 춘다.

* 2010. 7. 1.

모기의 영역

모기에게도 영역이 있는 모양이다.
무더운 한여름 어스름 녘이나
혹은 장마철 날씨가 궂을 때,
으슥한 산속이나 풀숲을 지나자면
으레 모기들이 뒤쫓아 온다.
어디서 날아왔는지,
얼마나 날쌘지,
사람의 눈에는 보이지도 않는다.
제트기 소음처럼 윙윙거리는 소리만이
귓가를 맴돌며 긴장을 조성한다.
물러서지 않으면 금방 무슨 무기라도
쏘아댈 태세다.
지나는 자마다 놀라서 뺑소니친다.
모기에게도 이런 영역이 있다니,
우습고도 두려운 일이다.
사람들이 흉내 낼 만하다.

* 2012. 7. 4.

모기

여름이 되니 모기가 제철을 만난다.
어딜 가나 저들이 윙윙거리며 설쳐댄다.
저에게 당하지 않은 사람은 없다.

모기는 사람의 피를 먹어야 산다.
그래야 알을 낳고 종족이 번식한다.
세상에 이런 흉악한 놈도 있다.

사람도 모기 같은 놈이 있다.
남의 돈을 훔쳐서 부자가 된 놈,
남의 마음을 홀려서 별이 된 놈,

태어난 것조차 잘못된 일이다.
그래도 저들은 부끄러움을 모르고
영웅처럼 거리를 활보한다.

세상의 이치나 순리도 모르고,
저만이 살자고 가슴에 칼을 품고

남의 피나 빨아먹는 모기들.

잘못된 놈이란 목숨 줄도 약하다.
모기는 파리 목숨보다 못하다.
남의 손에 잡히면 단숨에 사라진다.

* 2012. 7. 8.

지렁이

후미진 길가에 지렁이가 힘겹게 누워 있다.
태어난 지 겨우 한 철밖에 안 지났는데
벌써 늙어버린 것일까,
몸뚱이가 한 뼘이나 자랐다.

"형은 아프면 안 돼! 형은 나쁜 사람이 아니잖아!"
내가 병원에 눕자, 친구가 전화에다 울먹인다.
"이곳이 얼마나 좋은 곳인데! 형은 오래 살아야 돼!"
눈앞에 산도 없는데, 메아리가 그치지 않는다.

사람은 누구나 오래 살기를 원한다.
하지만 왜 그래야 하는지는 생각조차 안 한다.
무엇을 하며, 어떻게 살아야 하는가.
저만의 영화를 위해 목숨을 걸어야 하는가.
아니면 하늘의 법도와 순리를 따라야 하는가.

지렁이!
보기에도 흉측한 천하의 미물!

너는 그래도 남을 위해 몸을 던진다.
너는 죽어서 누군가의 양식이 되려고,
누군가의 희망이 되려고 땅에 엎드린다.
굶주림에 허덕이는 짐승들을 위해서,
또는 높이 날아야 할 새들을 위해서,
또는 목숨이 아까운 누군가를 위해서.

지렁이!
생김새는 흉해도 장하고 갸륵한 지렁이!
너를 먹어 삼키는 존재는 별것이 아닐지라도
너는 그들에게 꿈을 주려고 존재한다.
너의 사랑은 그만큼 크고,
너의 마음은 그만큼 넓다.

그래도 너를 기억해주는 이가 없으니,
세상은 얼마나 냉정하고 사람은 얼마나 교활한가.
지렁이가 누워서 항상 비웃는다.

* 2012. 6. 26.

질경이

생김새부터 모질고 천박해 보인다.
잘못 태어났거나 세상을 잘못 살아온 듯하다.
흩어진 논밭 두렁이나 후미진 골목길,
또는 버려진 돌밭에서 자주 만난다.
술 취한 사람이나 실의에 찬 사람의 비틀거리는 발길,
또는 시력을 잃은 사람의 발길에 차이기 좋을 듯하다.
멀쩡한 정신으론 기억하지 못할 이상한 풀.
상처가 온몸에 번져도 두려움 없이 꼿꼿이 자란다.
그런 너를 어느 누가 눈여겨보고 기억하랴.

늦은 봄, 어느 날 오후,
아내의 병문안에 나선 목사님이 놀라운 말씀을 하셨다.
"질경이가 아주 좋은 약이라는데 먹어보셨나요?
지금 길가에 많을 텐데."
아내의 병은, 몸에 살찌면 생기는 당뇨糖尿다.
잘 먹어서 얻어진 문명병이다.
소홀히 하면 죽음도 금세 넘나든다.
아침마다 집을 나와 마을 길을 헤매거나

산에 오르는 사람이 부쩍 늘어난 까닭도
그 때문이라는 소문이 파다하다.

생각은 늘 거꾸러지고, 마음은 한곳에 머물지 못한다.
질경이가 병을 고친다는 것은,
그 천박한 풀이 아픈 자를 위해 존재한다는 것은,
상상도 못 한 일이다. 오만한 자의 착각이다.
꿈에서 호랑이에 쫓기다 넘어져도 이보다 더할까.
나는 미련한 내가 자꾸 두렵다.
껍질을 벗어야 한다. 아내의 병을 고쳐야 한다.

작업복을 챙겨 입고, 배낭을 둘러메고, 호미를 찾아 들고
문밖에 나선다. 질경이를 찾아서, 아내의 병을 몰아내는
약제를 찾아서, 그립고 아름다운 희망을 찾아서,
진종일 논두렁이나 밭두렁, 골목길이나 돌밭을 헤맨다.
흔하게 널려 있는 질경이를 캔다.

고마워라, 질경이! 너는 이제 나의 꿈이요 희망이다.

쓸모없어도 쓸모 있는 듯이 허울을 쓴 자들이 판치는
허황한 세상에 너같이 귀한 존재가 숨어 있다는 것은
얼마나 다행한 일이랴.
왜 진작 몰랐을까. 눈이 멀었을까. 정신이 없었을까.
세상은 아직도 쓸모 있다고 즐거워하며
아내가 모처럼 크게 웃는다. 웃음에 진한 향기가 난다.

인생은 반전反轉이다.
어둠 속에서 빛이 솟고, 슬픔 속에서 기쁨이 돋는다.
* 2012. 6. 16.

호박

이른 봄, 시골집 텃밭에 호박을 심었다. 잎이 당나귀 귀처럼 크고, 꽃이 나팔 주둥이처럼 둥글고, 줄기가 울타리를 기둥까지 휘어잡을 정도로 튼실했다. 그 꽃에서 콩알만 하게 시작한 호박은 비가 오면 비 때문에 크고, 바람이 불면 바람 때문에 크고, 밤이면 별 때문에 크고, 낮이면 햇볕을 받아먹고 크고, 하루가 지나면 달라지게 자라고, 며칠이 지나면 몰라보게 자라더니, 여름이 되자 땅바닥에 질펀히 앉아 제 몸에 염색을 하며 속살을 채우고 영글기 시작했다. 호박이 제 몫의 세월을 다하고, 가을이 되어 잎이 마를 때쯤엔 키 큰 장정도 들기 힘들 만큼 커다란 몸이 되어, 도도하게 사람 앞에 섰다.

시장에서 그런 호박 한 덩이를 샀다. 황금 색깔의 큼직한 호박이었다. 귀한 손님처럼 안방의 윗목에 모셔놓고, 꿈도 여러 번 꾸었다. 한가한 주말을 받아, 아내와 자식과 손자들을 모아놓고 호박을 잘랐다. 흥부 내외가 제비가 가져다준 씨앗으로 기른 박을 자르듯, 기대에 부풀며 호박을 잘랐다. 그런데 웬일인가, 가족들은 깜짝 놀라며

뒤로 나자빠졌다. 그 속엔 보지도 듣지도 못한 벌레들이 득실거렸던 것이다. 세상에, 이런 호박도 있다니!

서울에서 만난 친구는, 겉으로 보면 흠잡을 데 없는 인물이다. 일류 대학을 나오고, 키가 훤칠하고, 얼굴도 잘생기고, 직장도 좋았다. 신랑감으로는 그만한 사람이 없었다. 여자가 따를 것은 당연한 일이었다. 그런데 그를 두고 이상한 일이 벌어졌다. 그제는 파랑 치마, 어제는 빨강 치마, 오늘은 노랑 치마, 만나는 여자들이 날마다 달랐던 것이다. 그래도 탓하는 사람은 없었다. 인물이 워낙 잘났으니까 좋은 여자를 고르려니 했다. 그런데 세월이 가고 나이를 먹어도 그 일이 끝나지 않자, 사람들은 의심을 품기 시작했다. 사이코인가? 제비족인가? 의심은 꼬리를 물고, 끝이 없었다. 그러다 마침내 일이 터졌다. 사람들은 그에게 손가락질하며 침 뱉기 시작했다.

호박은 못생겼어도 진실하다.
호박에 말뚝 박는 일은 없어야 한다.

호박 중에도 썩은 호박이 있다.
햇볕 기운 사이 벌레가 들었다.

경계하라, 경계하라,
호박도 썩은 세상이 왔다.
진실도 넘어진 세상이 왔다.

* 2011. 9. 19.

불의不義에게

새로 이사 간 시골집 근처에 조그만 밭을 빌리고, 멀리 떨어진 종묘 집에 가서 온갖 채소의 씨앗과 모종을 사 왔습니다. 해를 묵힌 밭이라, 며칠을 걸려 우거진 풀의 뿌리를 뽑아내고, 삽과 괭이를 동원하여 이랑과 두렁을 만들고, 너무도 힘이 들어 앓아누웠습니다. 이슬비가 내린 날 아침, 밥도 안 먹고 밭으로 가서 고추와 고구마, 옥수수, 감자, 콩, 참깨, 들깨, 가지, 오이, 배추, 상추 등을 골고루 심었습니다. 이슬비로는 안 될 것 같아서, 이웃집 수도에서 물을 퍼다가 땅속까지 적시도록 물을 주었습니다. 사람의 정성은 돌마저도 고마워하는 것, 마음 없는 식물도 그것을 알았던지 채소가 훌쩍훌쩍 하루가 다르게 자라더니, 몇 주쯤 지나자 저마다 제 몫을 하며 어느 것은 잎을 활짝 피우고, 어느 것은 꽃을 피우고, 어느 것은 열매 맺을 준비를 하며, 주인에게 기쁨을 주었습니다. 그런데 문제가 생겼습니다. 그 잘난 채소의 잎마다 진딧물이 닥지닥지 달라붙고, 어느 가지엔 새끼손가락만 한 벌레들이 제멋대로 돌아다니며 잎과 줄기를 갉아 먹었습니다. 부랴부랴 약을 사다가 뿌렸지만, 잠시뿐이었습니다.

신 나게 자라던 채소의 잎과 꽃과 열매는 중도에서 반병신으로 주저앉아 버렸습니다. 그나마 수확할 땐 그곳에 쓴 비용의 절반도 못 건졌습니다. 다음 해부터는 그 일을 그만두기로 했습니다. 저 하찮은 벌레에게 나는 손들고 말았습니다.

서울로 떠난 친구도 벌레였습니다. 처음엔 마을에서도 일 잘하고 착하기로 소문난 친구였지만, 그게 아니었습니다. 친구는 하루아침에 돌변하여, 마을 사람들이 농사일하며 땀 흘려 벌어놓은 황금 같은 돈으로부터 주머닛돈, 쌈짓돈, 심지어는 다음 농사일를 위해 장롱 속에 숨겨둔 종잣돈까지 몽땅 걷어가지고 달아났습니다. 가족까지 데리고 어디론지 감쪽같이 사라져버렸습니다. 사기꾼! 도둑놈! 마을 사람들은 벌 떼처럼 일어나 아우성쳤지만, 그가 어디로 갔는지, 알 길도 찾을 길도 막연했으므로, 가슴만 치다가 슬그머니 잊혀졌습니다. 세월이 흐르자 누군가의 입을 통해 마을에 이상한 소문이 퍼졌습니다. 그 친구가 사업을 하여 큰 부자가 되었다는 것이었습니다. 감방에 들어갔다는 소문도 안개처럼 희미하게 들려왔지만 그 말은 흘려버리고, 그가 큰 부자가 되었다는 말만 믿었습니다. 그리고 머지않아 그가 마을에 돌아와 청년들을 불러다가 좋은 자리에 앉히리라는 기대와 더불어 마을도 천국의 별장처럼 멋있게 단장되리라는 환상에 사로잡혔습니다. 마을 사람들은 이젠 그가 조금도 원망스럽지 않았습니다. 만나는 사람마다 침이 마르도록 칭찬을 늘어놓았습니다. 작은 벌레가 큰 벌레가 된 줄도 모르고, 마을 사람들은 꿈에 부풀었습니다.

불의는 허황한 자들의 우상이 아닙니다.
불의는 무지한 자들의 희망이 아닙니다.

불의는 오로지 저만을 위하여
제 욕심만을 위하여,
밝은 해도 등지고
넓은 길도 뿌리치고,
밤낮도 바꾸어서 삽니다.

불의는 가까이할 친구가 아닙니다.
잠시도 곁에 두지 말아야 합니다.
바라보지도 말아야 합니다.

* 2011. 6. 29.

정의正義에게

평생을 홀로 산에서만 살아온 나무꾼이 있었습니다. 나무를 잘라다 밥을 짓고, 국을 끓이고, 방이 따뜻해지도록 군불을 피웠습니다. 산에서 나무가 차츰 줄어들자, 나무꾼은 걱정이 된 나머지, 나무에서 떨어진 씨앗을 주워다가 처마 밑에다 싹을 틔워 나무 밑에 옮겨 심었습니다. 그리고 나뭇가지 하나를 자를 때마다 나무 밑에 싹을 하나씩 심었습니다. 그러자 산에서 나무는 줄어들지 않았고, 나무꾼의 걱정도 사라졌습니다.

날마다 매 맞는 '봉'이 있었습니다. 아무런 잘못이나 이유도 없이, 걸핏하면 얻어맞는 '봉'이었습니다. 어느 놈은 심심풀이로 손찌검을 하고, 어느 놈은 제 손이 가려워 주먹질을 하고, 어느 놈은 사는 게 싫어서 발길질을 하고, 별의별 이유로, 이유 아닌 이유로, 때렸습니다. 그래도 '봉'은 다 맞았습니다. 아파도, 몸에서 피가 나도, 다 참았습니다. 어느 날, '봉'이 자리에 드러눕게 되었습니다. 아무런 잘못 없이, 이유도 없이, 얻어맞기만 한 게 병이 났습니다. 그리고 '봉'은 살았을까? 죽었을까? 아니면

'봉'이 살아남기는 했지만 문밖에 드나들 수 없는 병신이 되었을까? 그를 때린 놈들이 더욱 궁금했습니다. '봉'은 그러나 아무렇지도 않게 일어났습니다. 그리고 나중에 '봉'은 세상이 떠받드는 아주 높은 사람이 되었습니다. '봉'을 때린 놈들은 그제야 제 잘못을 뉘우치고, 그 앞에 찾아가 무릎을 꿇었습니다.

정의란 아무나 발길질하는 봉이 아닙니다.
정의란 함부로 내다 파는 물건이 아닙니다.
정의란 허울 좋은 말이나 웅변이 아닙니다.
정의란 멀쩡한 길을 막는 총칼이 아닙니다.

정의를 아는 자는 정의롭습니다.
작은 것 큰 것 가리지 않고,
발 앞에 쓰러져 누운, 누군가 짓밟아놓은
옳고 바른 마음들을 은밀히 주워 모아
상처를 씻어주고 아픔을 닦아주며
따뜻한 품속에 곱게 곱게 길렀다가,

맑은 날 아침, 살며시 창문을 열고
하늘 높이 날려 보냅니다.
날아라, 날아라, 하늘까지 날아라.

정의는 그때부터 힘차게 자랍니다.
정의는 그때부터 큰 꿈을 펼칩니다.

* 2011. 9. 17.

4부
마음의 길

개미의 신神

밥풀보다 작은 개미 한 마리가
길을 잃고 헤매다가
칼날 같은 주둥이를 들고
내 바짓가랑이 속으로 들어왔다.
선전포고가 틀림없다!
잠자던 생존 본능이 발동했다.
젊을 때 군대에서 배운 동작으로
잽싸게 일어나 바지를 털자,
개미가 질겁하여 달아나는 것을
제 몸보다 천 배는 큰 구둣발로
사정없이 밟아버렸다.
귀한 목숨이 졸지에 사라졌다!
대장을 이기는 졸개는 없다!
개미야, 내가 누군지 모르지?
너로신 추호도 넘볼 수 없는 신神이다.
너같이 작은 것을 다스리기 위해
하늘에서 내려준 지상地上의 신神!
하나님이 만드신 아담! * 2012. 6. 8.

산 이야기

산에 올라서 보니
산 너머로 높은 산이 줄줄이 서 있다.
낮은 곳에선 보이지 않던 산이
더 높은 줄을 이제야 안다.

산에 올라서 보니
크고 작은 산들이 사방으로 둘러싸여 있다.
사람에게도 마을이 있듯
산에도 마을이 있다는 것을 이제야 안다.

산에 올라서 보니
짐승들이 흥겹게 놀고 새들이 제 세상처럼 날아다닌다.
땅에선 못 보던 꽃들도 흐드러지게 피어 있다.
산이 저들의 정원이라는 것을 이제야 안다.

산에는 사람들이 눈만 뜨면 배낭 메고 지팡이 짚고
떼 지어 몰려들어, 거친 능선도 힘겹다 아니하고
서로가 힘 겨루며 지칠 때까지 오르내린다.

산이 저들의 운동장이라는 것을 이제야 안다.

산은 산 넘어 산이다.
산은 산마다 마을이다.
산은 짐승과 새와 꽃들의 정원이다.
산은 사람들의 운동장이다.

* 2012. 11. 10.

돌풍

돌풍을 만나 무릎을 다쳤다.
느닷없이 불어닥친 바람에 발 걸려 넘어져
사람 구실을 못 했다.
이런 일은 요즘 들어 새삼스럽지 않다.
재수 없으면 언제든 당할 수 있는 일이다.
아무런 생각 없이 제멋대로 노는 놈에게
당한 게 억울하지만, 무슨 수로 맞서랴.
그러니 내 탓이다.
놈을 경계하지 않은 내가 잘못이다.
돌풍이 아니라 그보다 몇천 배가 큰 폭풍이
몰아친다 해도, 대비만 하면 걱정 없다.
놈이 지나는 길을 깨끗이 쓸어주고,
그 길에 먹을 거라도 뿌려주고,
놈이 모르는 곳에 숨어버리면 된다.
그러면 놈이 아무리 날뛰어도 별일 안 난다.
돌풍을 탓하던 시대는 지났다.
대비하지 못한 게 부끄러울 뿐이다.

* 2012. 11. 11.

개안開眼

일흔이 넘어 떠날 때가 되면
어제까지도 보이지 않던 길이
이제는 보일 듯 말 듯 한다.
평생을 어둠 속에 숨어서
얼굴 한 번 내밀지 않던 길이
마음을 어찌 돌렸는지
희미한 안개 너머로 돌아와
수줍은 소녀처럼 살며시 웃는다.

어제까지도 한방에 살던 친구는
떠나간 후에야 마음을 안다.
마당에 서 있던 나무도 풀도
자른 후에야 얼굴을 안다.
떠나기 전에는 아무도 모른다.
모르는 것은 아는 것이다.
눈앞에 있을 땐 보이지 않는다.

* 2012. 10. 9.

마음의 길

—어느 성직자의 고백

누군지 모르는 너를 위해 길을 만들고
알지도 못한 너를 위해 집을 짓는다.
너와 함께 갈 길은 어디일까.
너와 함께 살 집은 어느 곳일까.
내가 어리석다고 욕하지 마라.
후미진 길목에 사람들 모아놓고 쏙닥거리지 마라.
어리석음을 알기에 나는 어리석지 않다.
언젠가부터 너 같은 사람을 만나면
누가 되든 개똥보다 못한 너를 만나면
겉과 속 따질 것 없이 귀한 친구로 삼고
한판 벌이려던 잔치!
그래야 마음이 편안할 것 같아서
허파나 심장까지 몽땅 편안할 것 같아서
참 오래 생각했다. 얼마나 중한 일이냐!
세상을 살다 보면 별의별 일을 다 겪지만
남에게 마음을 주고 살기란 쉽지 않다.
그런 나를 두고 이상한 사람이라거나
무슨 잇속을 챙기기 위해 꿍꿍이를 꾸민다고

넘겨짚을지 모르지만, 그게 뭐가 대수냐!
내가 너를 알지 못하는데, 너는 나를 알겠느냐.
내 뜻이 날마다 하늘에 떠도는 구름같이
너의 허망한 마음을 뒤집고 흔들어,
행여라도 좁은 길로 돌아선 이가 나타난다면
이보다 다행한 일이 어디 있겠느냐.
세상살이를 계산하며 살지 말 일이다.
상대가 누구든 구분치 말고
마음을 내주며 즐거이 살 일이다.
욕심은 사람이 가질 재산이 아니다.

* 2011. 4. 25.

모자

모자를 쓰고 싶다.
나도 어느 독립운동가나 교장 선생님처럼
또는 유명한 배우처럼 멋진 모자를 쓰고 싶다.
다행히 나에겐 모자가 있다.
후배가 선물로 사준 이탈리아제 중절모자,
색깔이나 모양새가 너무 좋아 수년간을
서재에 걸어두고 구경만 하고 있다.
내가 독립운동가나 교장 선생님이나
유명한 배우보다 못한 탓일까.
모자를 쓰고 나갈 용기가 나지 않는다.
젊은 사람이 당당히 쓰고 다니는 걸 보았지만
어쩐지 어색해 보인다. 내가 써도 그럴 것 같다.
그걸 쓰고 거울에 비춰보면 내 모습이 아니다.
그러나 마냥 모자를 걸어놓고 지낼 수만은 없어
마음이 졸이고 살며시 불안한 생각조차 밀려든다.
선물한 후배에게 미안한 생각도 든다.
어느 땐 재빠른 세월에 의지하며 위로하기도 하지만,
늙어서도 모자를 자신 있게 쓸 수 있을 것 같지 않다.

모자란 무엇인가를 다시금 생각한다.
인격인가, 양심인가.
아니면 사치를 위한 액세서리인가.
모자를 쓰면 예뻐 보이는 사람이 되고 싶다.

* 2012. 7. 22.

시인과 꿈

나무의 꽃만이 꽃이 아니기를
꽃의 향기만이 향기가 아니기를
땅에 사는 모든 것들은
숨 쉬며 살아 있는 것들은
모두 다 꽃이 되기를
향기가 되기를
시인은 오늘도 꿈꾼다.

하늘만이 높고 푸른 게 아니기를
바다만이 깊고 맑은 게 아니기를
날개 달린 새만이 나는 게 아니기를
헛되어도 헛되지 않고
슬퍼도 슬프지 않고
어두워도 어둡지 않고
실망하지 않고 좌절하지 않고
오로지 높고 푸르고 넓고 깊어지기를
모두 다 거침없이 훨훨 날 수 있기를
시인은 오늘도 꿈꾼다.

이승 밖을 내다보며
하늘길도 바라보며
모두 다 꿈꾸는 세상이 되기를
오가는 길마다 희망이 넘치기를
시인은 오늘도 꿈꾼다.
이것이 허망한 꿈이 아니기를
오늘도 시인은 꿈꾼다.

* 2010. 4. 9.

만종晩鐘

낮이 끝나고 해가 서산에 기울 무렵,
붉게 색칠한 하늘은 황홀한 풍경에 젖고
논밭에서 일을 마치고 돌아갈 채비를 하는
농부의 고달픈 마음을 어루만지며
어디선가 은은히 들려오는 종소리!
마음을 지나 심장까지도 뚫고 지나며
감동을 주던 그 종소리가 그립다.
세월이 많이 흐르고, 문명이 굽이치며
길이나 생각까지 이상한 곳으로 끌고 가서
종은 벌써 형체조차 사라지고
지금은 그 소리를 들을 수 없지만,
아무리 그리워도 들을 수 없지만,
그러나 꿈속에선 다시 들을 수 있으리!
어릴 때, 고요한 마을과 발판을 흔들며
텅 빈 마음에 희망을 심어주던 종소리!
하늘을 나는 새들도 날개를 접고
나뭇가지에 앉아 귀 기울이던 종소리!
밀레의 〈만종〉처럼 어머니 아버지가

그 소리를 듣고, 일손을 놓고 손을 모으며
하늘에 감사하던 그 모습이 그립다.
해 질 녘 만종 소리가 자꾸 그립다.

* 2012. 8. 30.

의연한 나무

못된 자들이 득실거린다.
가슴에 칼을 품고 길마다 놀아난다.

어제는 멀쩡한 팔을 부러뜨리고,
오늘은 단단한 다리를 잘라낸다.

그래도 나무는 죽지 않고 살아남는다.
뿌리가 깊으니 염려되지 않는다.

못된 자들이 제 풀에 지쳐 누운 사이,
바람이 어둠 곁으로 지나는 사이,

나무는 어느새 잎 돋고 가지 치고,
꽃 피고 열매 맺고, 저 할 일을 다 하느니,

세상살이 잠시라도 얕보지 마라!
저만이 잘났다고 우쭐대지 마라!

나무는 남을 위해 하던 일을 멈추지 않고,
못된 자들을 탓하지 않는다.

* 2011. 4. 24.

이른 아침

—꽃밭에서

꽃은 피어 있는데 사람은 없다.
창밖으로 목련꽃, 벚꽃, 개나리꽃, 진달래꽃,
꽃들이 벌써 흐드러지게 피어 있는데
사람은 어디로 갔는지 보이지 않는다.

이 좋은 구경거리를 버리고 어디에 갔을까.
목숨을 지탱할 먹거리를 찾아 일터로 나갔을까.
아니면 남의 것을 훔쳐다가 개똥밭에 버리려고
새벽부터 어느 구석진 곳에 숨었을까.

꽃이야 피든 말든 그런 건 뒷전에 두고,
텅 빈 가슴에 허욕만 채우려고 발버둥 친다.
아름다움이 무엇인지도 알지 못한다.
바른 길이 어느 길인지도 구분 못 한다.

꽃은 그래도 섭섭하지 않은지,
저 홀로 쓸쓸히 웃는다.
바람이 다가와 손짓하자 온몸을 흔들며

입이 터지도록 크게 웃는다.

이른 아침, 창가에서 다시금 내다본다.
사람은 있는데 사람이 없다.
꿈은 있는데 꿈이 없다.
있을 건 다 있는데, 따르는 이가 없다.

* 2011. 6. 14.

소나무

가슴에 소나무 한 그루 기른 적 있다.
그 시절이 가장 행복했다.

그는 내 스승을 닮았다.
세월이 변해도 잎 하나 떨구지 않고,
가지에 허풍스런 꽃을 매달고서
가난한 이웃을 현혹하지 않으며,
오로지 곧고 바르고 꿋꿋하게
그리고 푸르고 더 푸르게
선비다운 의지를 펼친다.

그의 몸에선 종이 울린다.
미련한 자에겐 들리지 않을지 모르나
의롭고 착한 이들은 밤이나 새벽마다
우렁찬 종소리에 잠을 깬다.

그 나무 아래서 잠시라도 머문 자는
마음에 젖은 때와 먼지가 씻어지리라.

정의와 진리의 표상으로
후대에 길이길이 남으리라.

* 2010. 9. 1.

불멸不滅

세상엔 신기한 일들이 많지.
하늘에선 해와 달과 수많은 별들이 밤낮없이
땅의 어둠을 비추며 둥둥 떠 있고,
산과 들에선 나무와 풀과 꽃과 새와 짐승들이
바람과 구름과 안개와 더불어 즐겁게 놀며
세상살이를 자랑하고,
바다와 강에선 생김새조차 이상한 물고기들이
저마다 물속에서 춤추고 헤엄쳐 다니며
사람의 마음을 홀려대고,
마을 앞 들녘에선 배고픈 자들의 먹이를 위해
오곡백과가 풍성히 자라고 있지.

저들은 세월이 흘러도 변하지 않고
세상이 바뀌어도 그 자리에 여전히 남아
항상 꿈꾸고 향기를 내뿜으며
너무도 의연히 살아가지.
어느 것에도 욕심 부리지 않고
어느 것에도 비겁하지 않으며,

어느 것에도 무릎 꿇지 않고,
오로지 해맑은 마음으로 오로지
지극한 사랑으로 꿋꿋이 살아가지.

저들은 왜 이리도 장한가.
찢기고 부서져 내버려진 세상 바닥은
오가는 길마다 눈물이 넘치는데,
저들은 왜 이리도 충만한가.

순리를 아는 자는 멸하지 않네.
의로운 자는 멸하지 않네.
하늘이 저들을 보살펴 주네.

* 2012. 6. 23.

필멸必滅

꽃 피는 춘삼월에 또 한 목숨이
세상을 떠났다.
그래도 좋은 시절에 갔다고
천 리 너머에 숨어 있던 벌 나비들이
마을의 꽃밭에 찾아들며
너울너울 춤을 춘다.

기뻐할 일이 아닌데도
저들은 춤을 춘다.
슬퍼도 당연한 일을 보면
저들은 기뻐하는가 보다.
사는 길보다 죽는 길이 더 가까운
세상길을 잘 아는가 보다.

몸속에 어둠을 가득 품은 자들은
언제나 성한 심장을 빼앗긴 채
버려진 시간의 언덕에 누웠다가
산 너머 노을 속으로 홀연히 사라진다.

남아서 기다리는 목숨만이
한없이 가련하다.

* 2012. 7. 22.

잘 우는 아이가 영리하다

―예림에게

잘 우는 아이가 영리하다고 하는데
그 말이 맞는가 보다.
잘 우는 아이가 정이 많다고 하고,
잘 우는 아이가 욕심이 많다고 하는데
그 말이 맞는가 보다.

우리 집 손녀 예림이는 잘 우는 아이로
마을에서도 학교에서도 소문났었다.
울어야 할 이유가 있는 것도 아닌데
그냥 그저 밤에도 울고 낮에도 울었다.

여덟 살이던 작년까지도, 등에 책가방 메고
학교에 다니면서도 울음은 그치지 않았고,
손녀를 돌보아 주던 할머니 할아버지는
가슴이 새까맣게 타들어 갔다.

그런데 웬일인가. 한 해가 더 가고
아홉 살이 되자 거짓말처럼 달라졌다.

예림이는 이제 우는 아이가 아니었다.
남에게 뒤질세라 밤낮없이 공부하고,
행동거지와 말솜씨, 가슴에 담은 생각까지
천 길 높이로 껑충 솟아올랐다.

공 들인 나무는 열매도 일찍 맺는다는데
예림이는 벌써 다 자랐는가.
만나는 사람마다 칭찬이 자자하다.
장차 무엇이 될까. 무슨 꿈을 펼칠까.
그런 염려는 안 해도 될 것 같다.

* 2012. 8. 15.

철부지는 없다

–도연에게

철부지인데도 생각은 그렇지 않다.
이제 겨우 다섯 살밖에 안 된 철부지인데도
생각은 어른처럼 멀쩡하다.

제 딴엔 장사나 거래도 할 줄 안다.
친가의 할머니와 외가의 할머니를 불러놓고
누가 저에게 더욱 잘하나 견주어보기도 하고,

친할머니가 인형이나 먹을거리를 사다 주면
친할머니가 가장 예쁘다고 치켜세우고,
외할머니가 와서 며칠이고 보듬고 놀아주면
외할머니가 최고라고 말을 돌린다.

친할머니가 전화로 안부를 물으면
"전화 안 받겠어!"라며 단호하게 거절한다.
전화로 하지 말고 무엇인가 직접 사 오라는
속셈이 담겨 있을 게 분명하다.

어디, 이 아이뿐이겠는가.
요즘 애들은 모두가 영악하다.
세상이 그만큼 달라졌기에
이젠 철부지란 말도 버려야 한다.

* 2011. 6. 30.

종손宗孫

–세인에게

우리 집 큰아들 댁에서 낳은 세인世仁이는
종손이다. 가문의 대를 이을 막중한 인물이다.
그래서인지 태어날 때부터 생김새가 특별하다.

초롱초롱한 눈, 오뚝한 코, 갸름한 입술,
아담한 귀, 그리고 마당처럼 훤칠한 이마,
모두가 첫눈에 반하도록 마음을 끈다.

성형이란 말은 입에 담기도 싫지만
장해라, 어느 곳도 손댈 수 없을 만큼
이목구비가 확실하니, 축복이 넘쳐난다.

이만한 인물이 세상에 또 있을까.
이만큼 멋진 놈이 어디서 왔을까.
할머니는 날마다 어깨를 들썩인다.

이런 아이가 우리 집 문턱에 들어섰으니,
하늘과 조상에게 오직 감사할 따름이다.

후대를 위한 별이려니, 무한히 빛나거라.

* 2012. 1. 25.

이런 사람

실속 없이 허풍만 떠는 사람,
벌이는 일마다 바람에 날리고
만나는 사람마다 손가락질당하는
우스꽝스런 사람,
이웃에 산다.

안과 밖이 다른 사람,
권력 있고 돈 많은 부자 앞에선
손 비비며 굽실거리고,
가난하고 허약한 자에겐 눈 부릅뜨고
큰소리치는 사람,
이웃에 산다.

정신이 오락가락하는 사람,
손발이 함께 가지 못하고
눈동자가 한곳에 머물지 못하고
얼굴빛이 비단옷처럼 울긋불긋한 사람,
행동거지가 변화무쌍한 사람,

어젯밤 수갑 차고 텔레비전에 나왔다.

"이런 사람은 사람이 아니지!"
내 손녀의 찡그린 표정이 묘하다.
토끼처럼 한없이 귀엽고 순진한
우리 집 예림이,
아직 아홉 살밖에 안 된 아이가
벌써 사람을 가릴 줄 안다.

* 2012. 9. 24.

하루는 길다

하루는 항상 길다.
십 년보다 길고, 백 년보다 더 길다.
더러는 짧다고 아우성이지만
그만큼 살아갈 걱정이 많아서다.

아침에 교회에 나가
멀고 먼 하늘에 들렀다 와도
새때에 못 이르고,
하릴없는 일상이 지겨워
장대 같은 산 위에 올랐다 와도
해는 가는 길조차 놓쳤는지
겨우 중천에 둥둥 떠 있다.

하루를 더욱 빨리 넘겨보려고
무엇을 할까, 어디를 갈까,
낯선 길을 골백번 찾아다녀도
몸뚱이가 땀으로 흠뻑 배어도
해는 아직도 서산에 못 이른다.

하루는 항상 길다.
하루살이가 여유 있게 사는 것을 보면
시간의 존재를 알 수 있다.

* 2011. 9. 5.

| 시인의 산문 |

자연을 생각하며

김년균

루소의 주장처럼 "자연으로 돌아가라"는 게 아니다. 그러면 오죽 좋으련만, 인간은 그럴 수 없을 것이다. 인간의 본래 성품이나 행동은 순진무구한 자연 그대로였을 테고, 지금처럼 욕심 많고 허영에 빠진 사람으로 타락하지는 않았을 것이다. 그러므로 루소는 인간을 자연과도 같은 본래의 상태로 돌아가자는 뜻에서 그런 주장을 했을 것이다. 하지만 그게 가능한 일인가. 안 될 일에 욕심부리면 미련하다. 다른 방법을 찾아야 한다. 그래서 생각한 것이 "자연을 사랑하자"는 것이다. 몸까지 돌아설 수 없다면 마음 한쪽이라도 돌아서자는 것이다. 그래, 자연을 사랑하자! 얼마나 중요한가! 사실이지 이보다 중요한 일은 없을 것이다.

나는 요즘 양주골 백석이라는 시골로 내려와 '전원생활'을 하고 있다. '시골'이라고 해서 특별할 것은 없다. 차가 많고 사람들이 들끓고 시끄러운 곳이 도시라면, 사람들이 별로 없어 항상 한가하고 고요한 곳이 시골이다. 손바닥만 한 땅 한 평에 수천만 원이 웃도는 곳이 도시라면, 싸디싼 논밭이 어디나 널려 있는 곳이 시골이기도 하다. 어느 곳은 주인 없는 땅처럼 풀만 무성히 우거져 있어, 지나던 사람들이 그곳을 파헤쳐 농사를 지으며 주인 행세를 하기도 한다. 나 역시 마음씨 고운 사람을 만나, 널따란 땅을 공짜로 빌려 농사를 짓고 있다. 올해는 고추, 고구마, 감자, 옥수수, 콩, 가지, 참깨, 녹두, 파, 오이, 토마토 등과 소위 '쌈밥집'에서나 나옴 직한 상추, 치커리, 케일 등 각종 채소들을 길렀다. 특히 '쌈밥' 채소는 심은 지 며칠만 지나도 먹을 수 있게 잘 자라서, 매일 밥상에 오르는 단골 메뉴가 되었다. 먹고 남으면 이웃집에 나눠 준다. 얼마 전에는 서리가 내리는 늦가을에 김장할 배추와 무를 다섯 두렁이나 심었다. 심은 대로 거두는 자연의 섭리를 신기하게 지켜본다.

시골이 좋은 건 그것만이 아니다. 시골엔 어디든 산이 있기 마련이어서, 누구나 산에 오르는 게 버릇처럼 되어 있다. 건강을 챙기기 위해서 오르는 노인도 있지만, 그렇지 않은 건강한 청년들도 많다. 그럴 것이, 산에 올라가 맑은 공기를 마시며 몸속의 찌꺼기를 땀으로 씻어내고 나면 기분이 그처럼 산뜻할 수가 없다. 그뿐인가. 숲과 골짜기에서 들려오는 새소리, 물소리는 얼마나 듣기 좋던가. 그것은 산에 오른 사람만이 아는 즐거운 비밀이다.

나는 몸이 성치 않고 오랫동안 입원한 일도 있으므로, 당연히 건강을 위해서 산에 오른다. 집 근처에는 은봉산이란 예쁜 산이 있다. 해발 4백 미터쯤 되는 적당한 높이의 산인데, 산세가 완만하고 숲이 울창하며 등산길이 잘 닦아져 있어 산을 오르는 데 조금도 불편하지 않다. 봄이면 산이 철쭉꽃에 물들어 비단처럼 아름답고, 가을이면 산기슭에 밤나무 도토리나무들이 가지마다 주렁주렁 열매를 매달고 있어, 산에 오르는 사람마다 배낭 속에 밤과 도토리를 한 보따리씩 담아 온다.

나는 아침마다 아내와 함께 산의 중턱에 있는 약수터에 올라가 체조를 하고 내려온다. 산에 오르면서 겪는 미담은 한두 가지가 아니다. 산에 오르는 사람들은 세상 사람과는 다르게 인심이 후하다. 서로 아는 사이가 아니면서도 오다가다 만나면 "안녕하십니까!" 또는 "좋은 하루 되십시오!" 또는 "건강해 보이십니다!" 하고 서로가 정답게 인사를 나눈다. 처음 만나도 금방 십년지기가 된다. 그리고 산자락에 앉아서 음식이라도 먹을라치면 아무리 모르는 사람이라도 팔목을 잡아끌며 한 식구를 만든다. 마을이나 거리에서는 볼 수 없는 정경이다. 산에 오르면 마음까지도 산처럼 아름답고 넉넉해지는 모양이다.

가을은 풀꽃의 계절인가 보다. 산이나 들녘에 가면 풀꽃이 널려 있다. 풀꽃이 이렇게 흔한 줄 몰랐다. 그런데 나로선 그 꽃의 이름을 알 수가 없다. 이름이야 붙이면 되니까 없을 리 없지만, 꽃을 연구하는 전문가도 아닌 나로서는 알 턱이 없다. 아니다, 저들이 풀꽃이기 때문일 것이다. 장미나 튤립이나 모란꽃처럼 시장의 꽃집에서 비싸게 팔릴 수 있는 귀한 꽃이라면 난들 모를 리 없다. 어디 가나 널려 있는 천한 풀꽃이기에 나 역시 모르고 있을 것이다.

그런데 어쩌다 풀꽃에 눈길이 갔다. 가까이 다가가니 손톱만 한 꽃들이 떼 지어 몰려들며 수줍게 웃는다. 천한 꽃이 아니다. 볼수록 귀엽고 예쁘다. 임자 없는 그 꽃을 꺾어다가 화병에 꽂았다. 집 안이 돌연 환해진다. 집에 오는 손님마다 반가워하며 무슨 꽃이냐고 묻는다. 비싼 꽃처럼 대접을 받는다. 천한 꽃으로만 여기던 내가 부끄러워진다.

사람은 너무 교활하다. 보기엔 예쁠 것 없는 가방 하나에도, 거기에 '명품' 딱지가 붙으면 벌 떼처럼 몰려든다. 뭣이

든 비싸야 좋은 것이고 싸면 나쁜 것이라는 방식에 젖어 있다. 사물을 제 생각에 의해 판단하는 게 아니라 남의 생각에 따라 움직인다. 남이 좋으면 나도 좋고 남이 싫으면 나도 싫다. 그러니 꽃인들 제대로 구별할 수 있겠는가. 누군가 돈 벌기 위해 기른 꽃, 값을 비싸게 달라는 꽃, 그런 꽃에만 관심을 둔다. 그러니 풀꽃을 알 리 없다. 산이나 들녘에 흔하게 널려 있는 풀꽃, 돈을 안 주고도 마음대로 가질 수 있는 풀꽃, 그 꽃이 얼마나 귀한 줄을 깨닫지 못한다.

흔한 것과 천한 것은 구별되어야 한다. 흔해도 귀한 것이 있고, 귀해도 천한 것이 있다. 그런데 사람들은 이를 구별치 못한다. 자기의 편견대로 또는 남들이 하는 대로, 귀한 것도 함부로 짓밟아버리고 천한 것도 하늘처럼 받들어 모신다. 그러자니 귀한 것이 오히려 천해지는 우스운 세상이 되어버렸다. 그런데 따지고 보면 사람처럼 흔한 게 없다. 세상 바닥에 널려 있는 게 사람이다. 어찌 보면 사람이 풀꽃보다 흔하다는 생각이 든다. 흔한 것이 천하다면, 사람도 천한 것이 된다. 그런 방식은 없는 게 좋다.

자연은 귀하지 않은 게 없다. 흔하게 널려 있는 돌멩이도 풀도 다 쓰일 데가 있는 귀한 존재다. 그것이 자연의 순리다. 사람이 그걸 모를 뿐이다.

문학은 '자연의 모방'이라고 한다. 하늘과 땅은 물론, 산, 바다, 강, 눈, 비, 바람, 구름, 물, 공기, 나무, 숲, 꽃, 새, 짐승…… 인간이 만든 조잡하고 위험한 문명 말고는 모두가 자연이다. 해와 달, 별, 지구도 자연이요, 사람도 자연의 일원이다. 자연은 그만큼 무한 광대하기에 어느 누구도 그 경계를 넘을 수 없다. 문학도 마찬가지다. 자연이 없는 문학은 없다. 사람도 자연인데 사람 없는 문학이 어디 있는가. 설령 있다고 하더라도 그런 작품은 공허하고 삭막하여 감동을 주지 못한다. 그래서일까, 어느 유명한 시인은 "문학은 자연의 모방이자 제2의 자연"이라고 했다. 모방을 통해 새로운 세계를 창조한다는 뜻이리라. 나는 이 말에 공감한다. 자연은 문학을 가르치는 스승이라고 나는 믿는다. 그리하여 자연은 문학을 가르치고 문학은 다시 인간을 가르친다. 왜 사는가. 어떻게 살아야 하는가. 인간은 문학을 통해 자연의 순리와 더불어 인간답게 살아가는 지혜를 터득한다. 인간의 생사화복과 사물에 대한 옳고 그름을 분별하며, 어떠한 고난에도 슬기롭게 대처할 수 있는 능력을 스스로 기른다.

자연은 순수의 절정이다. 자연은 언제나 때 묻지 않고 남을 속이지 않으며 옳고 바르게, 제 할 일만 꿋꿋이 한다. 자연은 억년이 가도 오로지 처음 그대로다.

그래서 루소는 일찍이 "자연으로 돌아가라"고 주장했을 것이다. 그렇지 않으면 세상이나 인간은 돌이킬 수 없는 절망의 나락에 빠진다는 것을 생전에 이미 예견했을 것이다. 그러나 인간이 자연으로 돌아가기는 이미 틀린 일이다. 그렇다고 여기에 주저앉아 당할 수는 없다. 그래서 "자연을 사랑하자"는 것이다. 자연으로 돌아갈 수는 없어도, 자연을 사랑할 수는 있을 것이다. 그리하면 인간의 생각이나 행동도 차츰 달라질 수 있을 것이다.

자연을 사랑하자!

세상과 인간은 분명 변해야 한다.

* 《월간문학》 2012. 11월호. 권두언